句集
ぽつぺん

天野美登里
Midori Amano

ウエップ

序

大崎紀夫

天野美登里さんの句は、どれも明るい。向日的な句といっていいだろう。1995年に戸田市から依頼を受けて、俳句の市民講座を開いたときにやってきたのが、美登里さんだった。俳句は初めてといったが、その当初から美登里さんの句は明るく、健康的だった。この句集では、その頃の句は収められていないが、2001年「やぶれ傘」に創刊会員として参加したころの句は次のようなものである。

ふる里のあくまきを食べ子供の日
騒がしき丑三つ時の牛蛙
ゆるやかな坂をくだりて夏木立

日々の暮らし、見ほとりのことどもを明るく、ときにあっけらかんと詠んでいる。

甚平のウルトラマンが跳ねてゐる
ストーブの周りを囲み美術館
大寒の風にシーツが揺れてをり

その明るさは生来の気質によるのかもしれない。

同時に、美登里さんの句にはしっかりと定型の調べが生きていて、その型と調べには乱れがない。句会のあとの飲み会などで美登里さんが語るところをかたわらで聞いていると、美登里さんが10代のころ、長崎市で花卉の仲買業をしていた父親が大村市に移り、そこで花屋を開いたという。その店を美登里さんは地元の高校に通うかたわら手伝っていたそうだ。それで美登里さんがやたら花の名にくわしいことを知ったが、と同時に花束を作るのには型があって、その型を作るということに美登里さんがなじんでいるのだということも知った。

さらに、酒の席では、俳句をやる前から山登りに凝っていることも聞いた。高校卒業後、花屋を本格的に手伝う一方、九州のあちこちの山に登り、さらには中央アルプスの槍ヶ岳や剱岳にも登ったという。ヨーロッパアルプスやネパールの山へも出かけたそうだ。美登里さんの句にある明るさは外界に向けるまなざしの明るい強さ、といったものに根があるのかもしれない。また、そうした山歩きの中で、野山の花の名を覚えたともいう。そのアルプス行きのツアーで知り会った男性と結婚したのは26歳のときだそうで、ご主人が北海道の国鉄の職員だったため9年間、室蘭で暮らしたという。そのあとご主人がJR東日本勤務のため、埼玉県に移り、それで美登里さんも戸田市の句会にやってきたのである。そのあと、北の男と南の女の出会いについてはよくきかされることになったが、10年ほど前だろうか、「やぶれ傘」の吟行でイタリアへいったとき、尺八を吹く旦那のため、といって、エルメスの大きな袋のようなものを買っていた姿をよく覚えている。そこで、家族をどう詠んでいるのかみてみると、句集には次の9句があった。

走馬灯孫をからかふ父の顔
酒好きの父逝きにけり小六月
屍の父の浴衣の糊利いて
一人住む母を訪ねる梅雨入りかな
明け番の夫に酢の濃き心太

初舞台ふみゐる夫の夏袴
夫の手が湯加減をみるゆず湯かな
明け番の夫の寝息や冷奴
巣立つ子の机の上や北開く

さっぱりと詠んでいるのが心地いい。
主情、主観を表に出すことのない、このさっぱりした詠み方は、身ほとりの事物を詠むときにはさらに徹底していて、それが、美登里俳句の魅力となっている。そこできわ立ってくるのが、〈物〉へ向けるまなざし、その明るい明晰さである。

蛇の衣赤い財布に入れにけり
行商の隠元豆を買ひにけり
陽のにほふ布団カバーを掛けにけり
一叢のタンポポすべて綿毛なり

これらはごく初期の句だが、物はしっかりと詠み込まれていて、その存在を確実に主張している。あえていえば、世界と直接に触れ合っているのである。わたしにいわせれば、主観なり、主情なりというものは、世界と触れ合うことを疎外すること最もはなはだしいものなのだが、それで世界に触れることができると思っている俳人はまだまだ多い。

かつて天才芸術家デュシャンは、美術展に便器を展示して物議をかもしたことがある。そのことで既成の美の概念を破壊したということで有名な〈事件〉だが、そのとき多くの人は、その物の機能なり利用法なりに思いをいたして不快感を抱いたことは間違いない。しかし、「便器」という名を剝がし去ったとき、そこに物体として〈物〉が唯あることの不思議さ、不気味さに人はびっくりしたはずなのだ。〈物〉という不思議なモノ。そのモノはおそらく人のまなざし、つまりは意識をはね返すものである。デュシャンは〈物との結婚〉を夢みていたが、それは物と意識の合一への願望だったのではないか、とわたしは昔から考えている。わたしも30代のころ、そうした夢想を抱いたことがある。真昼のまぶしい光の中で自分の意識と物が合体すること。あるいはそうした夢想は、昼を病む意識、というものだったかもしれない。それに対してある意味、健康な意識というものは、物との距離を平然ととり続け、はね返されない程度のまなざしをあっけらかんと物へ向けるということなのかもしれない。美登里さんはその点で、あくまで健康だ。物との親和関係をさりげなく維持すること。

大潮の昼の荒布を拾ひ来る

針金で章魚を刺してはつるしけり

雨の日の目高の餌の沈みゆく

近作である。

勉強家である美登里さんは俳句を始めるとほぼ同時に書を習い始め、調理師資格を取り、さらに栄養専門学校のパティシエ・ブランジェ専攻科を卒業している。そのあと、ご主人がＪＲ東日本を定年退職してから長崎県の大村市へ引っ越している。その間、わたしとはイタリアへ2度、ポルトガルへは1度一緒に旅しているが、イタリアで出合った菓子ビスコッティを食べたあと、こういうものを作りたいと専門学校へ通ったそうだ。そしていまそうした菓子を作る一方、地元の主婦を相手にアレルギー除去の菓子の作り方も教えているとか。ただし、句集中には自分で作った菓子を詠んだ句が1句もないのもまたさっぱりしたものである。

2016年　初夏

句集　ぽつぺん／目次

序　大崎紀夫　1

Ⅰ　秋の駅　２００１年～２００４年　13

Ⅱ　枇杷の花　２００５年～２００８年　57

Ⅲ　おくんち　２００９年～２０１２年　105

Ⅳ　浅蜊汁　２０１３年～２０１５年　173

あとがき　212

装幀・近野裕一

句集　ぽつぺん

Ⅰ

秋の駅

２００１年〜２００４年

〔84句〕

２００１年

ふる里のあくまきを食べ子供の日

騒がしき丑三つ時の牛蛙

○
ゆるやかな坂をくだりて夏木立
甚平のウルトラマンが跳ねてゐる

塩漬けにする紫蘇の実を摘みにけり

水澄みて朝の空気の変はりをり

鵙の贄何も知らずに子をしかり

天高し益子の里にろくろひき

乗り越してひとり降りたる秋の駅
湧水のぬるくなりゆく暮の秋

懐かしき客来る前の布団干し

冬至風呂背中流してもらひけり

アパートの重き扉に注連飾る

三合の米を洗ひて十二月

ストーブの周りを囲み美術館

2002年

冬の雨ダージリン茶とマドレーヌ

大寒の風にシーツが揺れてをり

金網をするりと抜けし寒雀

二月さて二月二月と言うてみる

有田焼色のおほいぬふぐりかな

ビードロの粉を糸へと喧嘩凧
春の菜と言ふものみんなおひたしに

切り口の皺多きこと春キャベツ
祭かな田舎料理を振るまはれ

蛇の衣赤い財布に入れにけり

レース編む憎まれ口をきいた夜は

うす暗き廊下に並ぶ梅酒かな

夏蕨夫婦乗せゆく耕耘機

匙嘗める赤福いりのかき氷

「バックします」酷暑のバスのよくしやべる

カンナ揺れゐる二十六聖人碑

秋暑し北に窓なき蔵の街

酔芙蓉為すこともなく梳る

行商の隠元豆を買ひにけり

冬瓜のあつけらかんと寝ころびて
稲架掛けのをとこ五人の仕事かな

カポカポと靴鳴らしゆく七五三

酒好きの父逝きにけり小六月

カーブミラー冬の日差しを映しをり

駅員の白きマスクの多きかな

陽のにほふ布団カバーを掛けにけり

ひと株にふたつ色もつ帰り花

十二月松葉の道を歩きけり

鮟鱇の口元を食ふをとこあり

２００３年

モノレール時雨るる中を擦れ違ふ

ちゃんぽんの煮ゆる匂ひのして二月

上京の母と花見の隅田川

一叢のタンポポすべて綿毛なり

芹届く一尺五寸の長さあり

掻揚げとなるはず笊の木の芽かな

○

風光る坂にスペイン大使館

藤棚や客のあふるる船橋屋

筍や付録とありし糠袋

筍にざくりと深き鍬の跡

塩味のかくれてゐたる豆御飯

一人住む母を訪ねる梅雨入りかな

葉に爪を立て天牛《かみきり》の動かざる

俎板に目の活きてゐる虎魚《おこぜ》かな

沢蟹の左利きなる爪を持つ

提灯に家紋を入れし盆用意

走馬灯孫をからかふ父の顔

灸花咲かせ露伴の旧居跡

落蟬のちつと短く鳴くもあり

民宿の畳あかるき菊膾

卓袱台の真ん中におく煮染め芋

巣立つ子の机の上や北開く

2004年

蛤の動きはじめを見てゐたり

風通る寺の縁先ほくろ花

裸婦像の臍《ほぞ》のえくぼや風光る

図書館の窓開けらるる樟若葉

泣き砂の声の戻らぬ走り梅雨

屍の父の浴衣の糊利いて

沢音の途絶えし深山樒《しきみ》咲く

犬のゐる家の蠅取りリボンかな

明け番の夫に酢の濃き心太

初舞台ふみゐる夫の夏袴

形代に息ふきかけるをとこかな

坂のある街のくれゆく酔芙蓉

雨粒が葉に残りゐる実紫

トロ箱の崩れてゐたる夕時雨

冬鳥の羽を休めゐる澪つくし

鱈汁の煮えばなゆらぐ絹豆腐

この宿の目玉と出され牡蠣雑炊

味噌汁の椀の白菜揺れてをり

Ⅱ　枇杷の花

２００５年～２００８年

〔91句〕

2005年

寒鯉や池のにごりの動かざる

寒肥をひとつまみおく植木鉢

玄関に埃たまりし余寒かな

受験子の筆箱にある守り札

たんぽぽの絮の飛びゐる孔子廟

笛の音の神田明神夏近し

警笛を鳴らす市電や原爆忌

溝川のにごりに秋のあめんぼう

新薬の効き具合聞く夜長かな

二三歩で渡る丸太や沢桔梗

日だまりが動いてゐたる枇杷の花

冬夕焼け波音を聞く露天風呂

回廊に冬日差しくる法事かな

街川に潮の満ち来る鳰《かいつぶり》

校庭に少し風ある冬桜

夫の手が湯加減をみるゆず湯かな

冬晴れの天水桶に蓋されて

２００６年

引き返す波に風花消えにけり

絵手紙にひよつとこを描く寒の入り

格子戸をくぐり入る風牡丹の芽

日の暮の海風止まる松の花

初蝶の飛びまはりゐる花時計

農道の途切れし先の花菜畑

くるくると遊ぶ子犬や花はこべ

竹垣の棕櫚縄替へる黄水仙

おにぎりの中身はおかか磯遊び

溝浚ひ帽子目深にかぶりをり
校庭に砂埃舞ふ樟若葉

畳屋の手鉤捌きや五月晴

畦に腰下ろしてゐたる草刈女

城跡の石垣続く半夏生草

梅雨明けの道にカレーのにほひかな

水際へ降りる階段蟬時雨

ひと坂を越えゆく風や雲の峰

山小屋の麦茶のたぎる薬缶かな

明け番の夫の寝息や冷奴

足元に波音のある夏の果

旅籠屋の床几に干せる唐辛子

虫籠に鈴虫の鳴く校舎かな

秋雨や昼餉は朝の残りもの

砂時計音なく冬となりにけり

綿虫や薄日差しゐる街の川

初時雨手点《てとぼし》のある洋食屋

海鼠食ふ時に故郷訛かな

2007年

雪のせし木切れの浮かぶ心字池

新聞の切り抜き帖や寒に入る

水餅の水取り替へる夜なりけり

紅梅や祠の奥に恵比寿さま

弁当を広げてゐたる土筆摘み

蝌蚪遊ぶ池の舟屋に舟休み

刃物屋の暖簾の揺るる暮の春

この列で終りとしたる菜種刈り

ブラウスのボタン繕ふ走り梅雨

生垣の紫陽花ぬつと伸びにけり

○大夕立手羽先焼を頼みけり

気がつけば同じ鼻唄紅の花

皿の絵の唐子人形夏料理

ほろよひの手にある烏瓜の花

沢沿ひの岩はごつごつ胡桃の実

夕暮の海に向きゐる稲架襖

お棗の紐とどのへる風炉名残

おくんちや坂道に陽のぽかぽかと

猪鍋や小皿にのせる散蓮華

昼時の時報の届く大根引き

小春日や岩場の鎖錆びしまま

置炬燵囲むしりとり遊びかな

魴鮄《ほうぼう》の身の残りゐる骨湯かな

2008年

側溝の冬草あをきひとところ

塚山に木々の影ある春隣

春隣机にすかの宝籤

四阿の雨垂れをきく黄水仙

末黒野の果てに溜池ありにけり

啓蟄の玄関先を掃き掃除

四月馬鹿ぽきぽき首の骨鳴らす

春惜しむ葉擦の音を聞きながら

机にはいちごの蔕とボールペン

麦の秋うつらうつらと車窓から

木苺の熟れゐる坂の途中かな

昼酒に干しある梅を肴とし

葛餅や木の影揺るる竹床几

肌掛けの足に絡まる昼寝かな

改札を抜け夏旅の終りとす

赤松に支への柱夏の池

山みづの流れに冷やす西瓜かな

古井戸に竹組の蓋蓼の花

秋の夜の序《つい》で打ち明け話かな

草の実や左右たがへし大草鞋

風の日は風の背高泡立草

卵酒作る夜更けの厨かな

川風の強くなりけり冬の暮

石段を銀杏落葉の敷き詰めて

Ⅲ　おくんち

２００９年～２０１２年

〔131句〕

2009年

春近き玄関先を掃きにけり

教室の窓開けてある黄水仙

卒業子の鳴らす目覚時計かな

壺焼の蓋はぐるりと回りけり

校門へ駆ける一年坊主かな

湖に陽の没る茅花流しかな

釣船の畳敷の間沖膾

麦味噌のつぶつぶ残る胡瓜汁

沢水にコップの置かれ鴨足草

文字摺草雨跡残るすべり台

夜の深けて麦茶が空になりにけり
降り出せる雨の水輪やあめんぼう

石塔の台座は高し苔の花

梅を干す午後には陰となる場所へ

おくんちの囃子詞を口遊む
古酒を酌む深夜放送聞きながら

食卓に一輪挿しと煮染芋

ひとところ濁る流れや釣船草

引越しの茶碗をつつむ夜長かな

居間の灯を落してにほふ榠樝の実

杉の実や沢音のまた聞こえ来る
うらなりのへうたん垣にのこりけり

賢治忌や小昼の畑に風のでて

糸瓜水一升瓶の腰にまで

玉入れの玉に大豆を詰めにけり

茶の花や庫裡へと続く石畳

日溜りは紅葉散りゐる木の下に
綿虫のすでに傾く陽の中に

２０１０年

門松に風過ぐ露地の小料理屋

冬雲の速き流れを玻璃越しに

真鍮のふるき灰皿焼鳥屋

酒粕に残る布目や寒造り

寒明けの午後鉄棒にぶらさがる

東照宮に竹の門冴返る

白梅や道に敷きある荒莚

名残雪去来の墓に積りけり

白梅のにほふ石坂のぼりけり

花明りゆるりと始発電車かな

春昼の平積み高き本屋かな

桜蕊降る飛石の凹みかな

路地奥に風ゆき止まる日向水

畳掃く新茶の茶殻まきながら

広縁に雨のふりこむ花石榴
ジギタリス急な石坂くだりきて

畑小屋のかげにポンポンダリアかな

夜濯ぎや雨の降りだしさうな風

開催を告げる花火のあがりけり

山水に麦湯の薬缶浮かせおく

籾山の簗かれながらくづれけり

ゆきずりにくちなしの実を摘みにけり

夜の雨のたたく背高泡立草

莢蒾《がまずみ》や道はこのさき二股に

冬の月他には星のひとつのみ

ホームから路線におりる冬雀

稲架を解く軽トラックを田にいれて

板チョコの銀紙をむく寒さかな

日溜まりに出てくる冬のきりんかな

2011年

炭俵軒先ふかき荒物屋

湯の宿の廊下あかるき冬椿
竜の玉石灯籠のあしもとに

鮨桶の底に飯粒春近し

手提げには夕餉のおかず寒明くる

手作りの椅子に座布団苗木市

水鉢の春の出目金泳ぎけり

雨粒の残る蓬を摘みにけり

春昼の公園に降る天気雨

お茶の木の畝間にかがむ蕨摘み

石段の下の茶房や雪柳

積み置きし鉢にはこべら咲きにけり

蒲公英の絮吹き飛ばす遊びかな

図書館に日差し入りくる目借時
夕暮れの雨となりけりれんげ草

駅長の金の肩章更衣

虫喰ひの苺ありけり藁莚

風少し麻のハンカチひろぐれば

端居してこんこん叩く茹で卵

桜桃を摘むべき脚立たてにけり

夕風は雨を伴ひ文字摺草

組板を削りに出せり朝曇

大夕立干したる物はそのままに

昼風呂のお湯はぬる目に浮いてこい

鰭あると行商人の声かかる

帆立貝七輪の火は網にまで
飯粒の残るしゃもじや今朝の秋

カレー粉を炒めてゐたる残暑かな

山道を迷ひ鵯花の中

猫じゃらし工事現場の柵こえて

へこ帯を片結びして秋祭

カステラの底に粗目糖《ざらめ》や長き夜

冬草の萌ゆる堤のひとところ

柚風呂の湯船明るくなりにけり

解体の柱をくべる焼き芋屋

冬ぬくし工事現場の猫車

鬼おこぜ生簀の底にゐたりけり

ボロ市の翠玉《すいぎょく》の玉ひかりけり

柵《しがらみ》のペンキの匂ふ初競馬

2012年

板塀に風ゆきどまる寒椿

包丁の金気のにほふ春隣

春の風邪ひとにうつしてをはりけり

立春の夜のカレーのにほひかな

石坂の手摺に薄日花菫

溝川の流れに泡の浮く長閑

畑打ちに声かけ郵便配達人

飛石に鶺落す紅椿

古井戸の滑車は外れ萩若葉

春昼の循環バスに乗りにけり

やどかりの波に転げてゐたりけり

蚕豆の花は畑の真ん中に

田の風に水の蠑螈の動きけり

バス停のベンチはえごの花の下

裁ち板に篦の痕あり白絣

虎杖の花のこぼるる駅ホーム

コーヒーを飲む冷房の窓際に

団子虫蛍袋の花の下

桃色の小さき如雨露は小さき手に

昼寝してゐる間に庭の雨乾き

夏の夕ふねの豆腐を買ひにけり

長崎の土用三郎曇りけり

飛行機の窓は小さし雲の峰

秋の夜のペンをくるりと回しけり

秋彼岸午後からは供花買ひにゆく

山寺の階段終り萩は実に

日に干せる枕をたたく秋の宿

綿飴の割箸太き秋祭

稲架解きへ軽トラックの轍ゆく

炭竈の穴ふさぐ泥乾きけり

睨みあふ猫へひと粒竜の玉

帰り咲く小米桜に群雀

雪ばんば川原の砂は乾きけり

搔巻の天鵞絨の襟古びけり

縫針の糸は木綿や切炬燵

Ⅳ　浅蜊汁

２０１３年〜２０１５年

〔73句〕

2013年

お汁粉の小豆を掬ふ春隣

ほろ苦き味は細魚の刺身かな

長靴に履替へてをり石蕈採り

バス停は野面積みまへ百千鳥

バス停は道のむかひに梨の花

窓越に雀の声を浅蜊汁

ゆるやかな石段くだる諸葛菜

三椏の花のぽろぽろ石畳

終点のバス折り返す花薊

雨後の川にごりてひかる夏隣

葱坊主猫は畑のすみをゆく

新しきガードレールや小判草

学校のプール空つぽ椎の花

板塀に雨の染み込む柿若葉

玄関へ二段の階段アマリリス

夕河岸や鱗のひかる舫ひ綱

桑の実や川の流れに雨のまた

木洩日の届く白詰草の花

ガードレールひと跨ぎして夏蕨

鬼灯の種をもみだす洗ひ桶

板塀に節穴続く酔芙蓉

おくんちや蓋真ふたつに薦被り

墓地横に階段美男蔓ひく

山あひの池干しあがる草紅葉

鉄瓶の蓋置く藁座冬ぬくし

搔揚げを端からくづす晦日蕎麦

日のにほひそのままを敷く布団かな

手にひとつもらふティッシュや春隣

2014年

春の海写経の筆を買ひにゆく

春の日は野辺に捨てある火鉢にも

ほうたるは海風あたる棚田にも

山道の石ころに草出水後

おにぎりのひと粒運ぶ山の蟻

雀来て庭の蚯蚓を啄めり

潮風のにほふ石垣忍冬

麦茶煮る薬缶の蓋につまみ無く

夏深む鯉のあつまる橋の下

とぐろ巻く蛇の昼寝にであひけり

花立てに水満満と朝曇

庭石のくぼみに水や藤袴

2015年

人日の温泉街の足湯かな

雀来てゐる寒晴れの沈下橋

水源の道にケルンや寒菫

差し潮に揺れゐる寒の海月かな

海豚追ふ観光船の船縁に

端切れの布でお手玉春隣

雛仕舞ふ部屋に入る日のまぶしくて
奈良雛の木目のしろく立ちにけり

大潮の昼の荒布を拾ひ来る

縁側で客にすすめる椿餅

石ころは畑のはづれに花牛蒡

畦に鍬置かれしままや花南瓜

新聞の隅のクイズや梅雨に入る

稲荷鮨の皮を煮つめる梅雨晴間

夕焼けや石のベンチに水たまり

山あひに夕日の残る山法師

水まきのホースのねぢれ庭石菖

街中を回送バスの行く薄暑

突堤に灯りひとつの夜釣かな

針金で章魚《たこ》を刺してはつるしけり

雨の日の目高の餌の沈みゆく

水槽にあをく吸ひ付く鮑かな

庭石に笊を干しおく花擬宝珠

ひまはりの花に山かげ移りけり

菜園の隅の胡瓜のよく長けて

陽はとうにかたむき夏の紙漉女

川底の仕掛けを除ける箱眼鏡
向きかへる小魚の群れ秋の昼

身に沁むや水道の水もれしまま

突提の灯りにきらり秋の鰺

プロペラの音は近くに秋の昼

煎餅のザラメをこぼす冬隣

冬萌のなかへ雀の飛びゆけり

あとがき

長崎県から佐賀県にまたがる多良山系のふもとに育ち、10代のころから山に登るようになりました。

そして結婚を機に北海道に9年間住み、主人の仕事の関係で埼玉県に移り住み、俳句と出合いました。

戸田市市民講座で講師の大崎先生には旧かな、文法など初歩から教えていただきました。

俳句を始めてみると、山の自然や北国での暮らし、生家が花屋であることなど、どれも私の俳句には必要なことだったのだと気がつきました。

これからもあれこれ悩みながら大崎先生の「自然と向き合ったこ

ころを淡々と詠む」を目標としながら句を詠んでいきたいと思います。

句集名「ぽつぺん」は、硝子壜の底が薄く、息を吹きこむとポコン、ペコンペコンと鳴る玩具から採りました。

大崎先生には選句、校正など多大な労をとっていただき、さらにとてもあたたかな序文をいただきました。大変ありがたく思っております。

ウエップ編集室の皆様、「やぶれ傘」の句友の皆さまに心から感謝の意を表わしたいと思います。

2016年5月

天野美登里

著者略歴

天野 美登里（あまの・みどり）

1952年（昭和27年）１月　長崎県長崎市生まれ
1970年（昭和45年）３月　長崎県大村向陽高等学校卒業
2012年（平成24年）２月　服部栄養専門学校
　　　　　　　　　　　　パティシエ・ブランジェ専攻科卒業
2001年（平成13年）６月　「やぶれ傘」創刊会員
　　　　　　　　　　　　現在同人　日本俳人クラブ会員

現住所＝〒856－0827　長崎県大村市水主町２－986－２

句集　ぽつぺん
2016年6月30日　第1刷発行
著　者　天野美登里
発行者　池 田 友 之
発行所　株式会社　ウエップ
〒160-0022　東京都新宿区新宿1-24-1-909
電話　03-5368-1870　郵便振替　00140-7-544128
印　刷　モリモト印刷株式会社

※定価はカバーに表示してあります　ISBN978-4-86608-021-5